Este libro
es propiedad
del pirata:

....

LOS LOBITOS DE MAR

Cinco, como los dedos de una mano,
estudian el primer curso en la Escuela de Piratas
y aspiran a convertirse en expertos bucaneros.

Jim

Inteligente y audaz, está
siempre dispuesto a sacar
a sus amigos de cualquier
apuro. Es de origen inglés.

Antón

Flaquito y un poco cobardica,
siempre se está quejando
de todo… Tiene orígenes
franceses.

Ondina

La única chica de
la tripulación posee
una habilidad insólita:
habla con los peces.
Es portuguesa.

Babor y Estribor

Los dos enormes y requeterrubios hermanos
noruegos se parecen como dos gotas
de agua y… ¡no hacen más que
meterse en líos!

LOS CAPITANES

Los maestros Pirata tienen el título de capitán y cada uno de ellos enseña una asignatura distinta de la piratería.

Hamaca

Holgazán y dormilón, el profesor de los Lobitos de Mar es maestro de Lucha porque… reparte golpes como pocos en el mundo.

Shark

El maestro de los Tritones está lleno de cicatrices dejadas por tiburones y medusas. Enseña Navegación.

Letisse Lutesse

Es maestra de Esgrima. Bonita y siempre elegantísima, se la considera la pirata más hermosa del mar de los Satánicos.

Sorrento

El maestro de Cocina prepara el mejor caldo del mar de los Satánicos. A base de medusas, claro está.

Vera Dolores

Maestra de las Cintas Negras, la imponente enfermera de la isla es supersticiosa hasta extremos inverosímiles y una apasionada de los horóscopos.

Título original: *La Scuola dei Pirati. Caccia al tesoro*

Primera edición: mayo 2010

©2008 Dreamfarm
Texto: Steve Stevenson
Ilustraciones: Stefano Turconi

© de la traducción: Susana Andrés
© de esta edición: Libros del Atril S.L.,
Av. Marquès de l'Argentera, 17, Pral.
08003 Barcelona
www.piruetaeditorial.com

Impreso por Egedsa
Rois de Corella, 12-16, nave 1
08205 Sabadell (Barcelona)

ISBN: 978-84-92691-60-9
Depósito legal: B. 13.544-2010

Steve Stevenson

La Escuela de Piratas

A la caza del tesoro

Ilustraciones de Stefano Turconi

pirueta

A Claudio Trangoni

Prólogo
Comienza la aventura...

El *Talismán*, la embarcación de la capitana Dolores, se deslizaba veloz sobre las olas. Bajo un cielo sombrío y nublado, los cinco Lobitos de Mar hacían sus turnos de guardia.

Para empeorar las cosas, Vera Dolores les había estado contando en los últimos días historias relacionadas con el mar. En efecto, la maestra de Exploraciones era una apasionada de las leyendas y supersticiones propias de los piratas: no ponerse nunca vestidos amarillos en domingo, no caminar nunca a cuatro patas por el

puente de la embarcación, no reírse nunca de las ballenas…

Según su profesora, la desgracia siempre estaba al acecho.

En ese momento, los dos hermanos noruegos, Babor y Estribor, se hallaban apoyados en la barandilla escrutando el horizonte. De repente percibieron que una mano helada se po-

saba en sus espaldas. Los dos gritaron a la vez sobresaltados:

—¿Quién va?

Era Jim, el inglesito de Smog Town, su fiel compañero de tripulación.

Los hermanos soltaron un suspiro de alivio.

—¡No hay motivos para bajar las armas! —soltó Jim—. ¿No os acordáis de los consejos de la maestra Dolores?

—¿Qué consejos? —balbuceó Babor.

Jim frunció el entrecejo sin responder.

Los dos hermanos se rascaron la papada con aire pensativo, luego Estribor chasqueó los dedos.

—¡Ya sé! —exclamó—. ¡No hay que adormilarse durante el turno de guardia!

Jim abrió los ojos como platos, sin decir palabra.

—De acuerdo, entonces no lo sé —se rindió Estribor.

—Y yo tampoco —concluyó Babor.

Ondina, la única chica de la tripulación, se acercó atraída por la discusión.

—¿Qué es este barullo? —preguntó inquieta.

Jim tenía los brazos en jarras.

—Babor y Estribor estaban silbando —dijo con un tono severo.

Ondina lanzó una mirada aterrorizada a los hermanos:

—¿Es que estáis locos? ¡Silbar atrae tormentas y tifones!

—No éramos nosotros, era el viento…

— El viento entre las velas…

—¡El viento no sabe cancioncitas de piratas! —exclamó Jim—. ¡Si estalla una tempestad, nuestra misión fracasará!

Pues sí, la misión…

Los Lobitos de Mar debían encontrar el tesoro de Barba de Fuego, el enemigo declarado del director Argento Vivo. De lo contrario, serían expulsados para siempre de la Escuela de Piratas.

En medio de un largo silencio, apareció, la mar de contento, el francés Antón.

—Amigos, ¡mirad lo que he encontrado!

Sostenía entre sus manos un huevo gigante. Los niños se lo quedaron mirando pasmados: era tan grande como una bala de cañón y podrían haber preparado con él una tortilla para veinte personas.

Ondina, sin embargo, empalideció de repente al recordar la peor de todas las supersticiones que les había contado la capitana Dolores.

—Alejaos de los pájaros de mal agüero…

—susurró, imitando la voz de su maestra.

Prólogo

Antón, más rápido que un rayo, metió el huevo en su mochila.

—No os creeréis esas tonterías, ¿verdad chicos? —gruñó.

Todos los niños asintieron a la vez.

—No, no, ¿qué haces? —gritó Antón, mientras Babor le arrebataba la mochila para arrojarla al mar—. ¡Sólo es un huevo, aún no es un pájaro!

Jim agarró a Babor del brazo.

—Tal vez Antón tenga razón. ¿Qué mal puede hacer un huevo?

Los cinco niños iniciaron una encendida discusión. Un huevo ¿traía buena o mala suerte? Al final decidieron que Antón podía quedarse con él, pero que tenía que encontrarle un nido en la próxima isla que fueran a explorar.

Que, mira por dónde, se llamaba justamente… ¡Isla de las Aves!

1 Menudos líos

Apenas hubieron desembarcado en la Isla de las Aves, los Lobitos de Mar y la capitana Dolores se encontraron en medio de un revuelo de gaviotas. La playa era una nube de alas blancas, patas palmeadas y picos amarillos.

—¡Ay, me han dado en el pie! —lloriqueó Ondina.

—¡Mi pobre nariz! —gritó Antón con una gaviota enredada entre el cabello—. ¡Sacadme de encima este pajarraco! —gimió, tropezando contra las otras aves. Luego, el pájaro que se ha-

15

bía posado en su cabeza emprendió el vuelo. Desorientado, el niño fue a parar a un charco de barro negro y acabó ahí tendido cuan largo era.

A continuación se olió las manos y la chaqueta.

—¡Qué peste! Pero ¿dónde me he caído? —preguntó con una mueca.

—¡No te preocupes, te dará suerte! —exclamó Vera Dolores.

Los Lobitos de Mar comprendieron la situación y se echaron a reír como locos, mientras Antón se sacudía la ropa refunfuñando.

—Para espantar a los pájaros hay que dar fuertes palmadas —dijo la maestra de Exploraciones a los demás niños—. Venga, ayudad a vuestro amigo.

Los ojos de Babor y Estribor relucieron de emoción: era una ocasión de oro para armar un buen lío.

Sin esperar a Jim ni a Ondina, se lanzaron como rayos en medio de las gaviotas, batiendo palmas a más no poder.

Pocos minutos después, la playa estaba completamente vacía. Los pájaros habían huido a las rocas vecinas y observaban a los recién llegados con una expresión ofendida.

—¡Formación! —les llamó entonces la maestra de Exploraciones.

—¡Sí, señora!

—¿Habéis controlado que lo tengamos todo?

—¡No, señora!

—Pues hacedlo inmediatamente, tortuguines —ordenó Vera Dolores, mientras recorría el terreno circundante a grandes zancadas.

Los niños dejaron en el suelo las mochilas y empezaron a hurgar en su interior. Antón se volvió de espaldas para ocultar el huevo gigante que había encontrado la noche anterior. El inglesito Jim, portavoz de la tripulación, repasó la lista del equipo del perfecto explorador.

—¿Navaja multiusos?

—¡Aquí está! —respondieron todos.

—¿Galletas de medusa?

—¡Las tenemos!

—¿Cantimploras?

—¡Presentes!

—¿Hierbas medicinales?

—¡Las que quieras!

—¿Rollo de cuerda?

—¡Sí!

—Está bien —aprobó Jim levantando la cabeza—. Creo que estamos listos, capitana Dolores.

La maestra de Exploraciones había desaparecido.

Los Lobitos de Mar la llamaron a voz en gri-

to, después oyeron un tintineo de cadenas, y la vislumbraron a la entrada del bosque. Corría y parecía realmente asustada.

—Malos presagios, niños —anunció jadeando—. He encontrado señales, indicios misteriosos, sombras fugitivas. En resumen, ¡peligros por todas partes!

—¡Ya estamos otra vez…! —susurró Antón.

La maestra de Exploraciones no lo oyó y siguió hablando a toda mecha.

—Tengo que investigar en el bosque, volveré en cuanto pueda —informó, recuperando el aliento—. Mientras, preparad el campamento, encended una buena hoguera y estudiad el mapa del tesoro.

Y sin añadir palabra se encaminó de nuevo hacia la espesura.

Los Lobitos de Mar se quedaron blancos como el papel y mudos.

—¿Y ahora qué hacemos? —preguntó Ondina.

—Poner manos a la obra —dijo Jim encogiéndose de hombros—. Empezaremos por la tienda y luego…

—Chicos, ¡yo soy el rey de la piedra de chispa! —lo interrumpió Antón, con aire confiado—. ¡En un abrir y cerrar de ojos encenderé una hoguera!

—Nosotros nos ocuparemos de construir un cerco de piedra —anunció contento Babor, dando un codazo a Estribor.

—De acuerdo, entonces Ondina y yo nos encargaremos de la tienda —dijo Jim arremangándose.

Transcurrieron varias horas y ya estaba atardeciendo.

Babor y Estribor se dejaron caer exhaustos, contemplando su obra con satisfacción: un mu-

rete torcido que amenazaba con derrumbarse de un momento a otro.

¿Y la hoguera?

Antón todavía estaba de rodillas delante de una pila de paja y restregaba la piedra de chispa sobre un gran guijarro. Sin embargo, lo hacía con demasiada delicadeza, como si le hiciera cosquillas. ¡En todo ese rato ni siquiera había conseguido provocar una mísera chispa!

—Prueba a golpear más fuerte —le aconsejó Jim, al notar la rapidez con que se alargaban las sombras.

—¡Déjame trabajar tranquilo! —replicó Antón, mordiéndose los labios—. Tengo una técnica secreta que sólo yo domino.

Jim había aprendido a aguantar la proverbial testarudez de Antón. Se tendió en el suelo y se colocó una mano debajo de la cabeza, mientras mordisqueaba una galleta de medusa.

A su lado, Babor y Estribor ya dormían como troncos. La única que no estaba tranquila era Ondina. Dio vueltas inquieta en torno a Antón hasta que oscureció. Entonces decidió intervenir:

—Además del rey de la piedra de chispa eres el rey de los manazas… ¡Déjame probar a mí!

Y arrancó los instrumentos de las manos del chico francés, que murmuró:

—Pe… pero… ¿qué haces?

¡ZAS!

Con un golpe seco, Ondina esparció una cascada de chispas sobre la paja. El fuego prendió en un segundo. Después la niña dispuso unas ramas delgadas entre las llamas y añadió un tronco de leña.

—Ah, qué calorcito tan guay… —comentó extasiado Estribor, antes de adormecerse.

Su hermano ni siquiera se inmutó.

Ahora el campamento estaba a punto.

Lamentablemente, no había rastro de la capitana Dolores.

Ante el fuego trepidante, Jim y Ondina se acercaron el uno al otro y examinaron el mapa del tesoro, pero pronto les invadió un cansancio terrible.

—Antón, voy a echar una cabezadita —dijo Jim, bostezando.

—No te preocupes, montaré guardia toda la noche —respondió al instante Antón. Cinco minutos después, el niño francés se quedó dormido abrazado a su mochila, protegiendo su precioso huevo como una gallina clueca.

2
Un nuevo amigo

En el campamento se oía un piar tan estridente que incluso cubría los agudos gritos de las gaviotas.

¿De dónde procedía ese increíble alboroto?

Ondina, todavía medio dormida, miró curiosa a su alrededor. Sus compañeros de tripulación dormían como lirones y no quería molestarlos.

Pero… ¿qué era ese ruido que resonaba cerca de Antón?

Ondina se restregó los ojos para ver mejor…

¡Anda, la mochila!

La mano de Antón, que agarraba un asa de la mochila, subía y bajaba. Por un segundo, Ondina creyó que todavía estaba soñando. ¿Tal vez era una pesadilla?

Debía hacer algo. ¡Y pronto!

—¡Antón! —exclamó a todo volumen—. Tienes un monstruo saltarín en la mano.

El niño francés, que estaba tendido junto a las piedras del cercado, se despertó de golpe.

—¿Qué? ¿Cómo? ¿Qué dices? —preguntó frenético.

Antón se percató con horror de que la mano brincaba junto con la mochila y se puso en pie demasiado deprisa. Chocó contra el murete y una piedra le golpeó justo en la cabeza.

El grito de dolor se oyó en todo el mar de los Satánicos.

En un segundo, Babor y Estribor levantaron

las orejas y Jim se despertó de golpe con cara de espanto. Los cuatro Lobitos de Mar se agruparon aterrorizados y observaron qué le sucedía al pobre Antón.

—Pero ¿qué hacéis ahí parados? —dijo el niño desesperado—. ¡Libradme de este monstruo! Ha entrado en mi mochila y me arrastra con él.

Jim se rascó la cabeza asombrado.

¿Un monstruo saltarín?

Hummm, ¡imposible!

Se le ocurrió una idea.

—Antón, abre la mochila con cuidado… —dijo manteniendo la sangre fría.

Con mano temblorosa, Antón desató las correas y se precipitó al extremo opuesto. Temía que saliera un peligroso animal con colmillos…

… y en lugar de eso apareció una cabecita sin plumas, con unos grandes y simpáticos ojos y un pico anaranjado. El pollito miró a Antón con una especie de sonrisa y emitió un tierno «¿PÍO?».

Antón se quedó con la boca abierta.

—Esto es lo que ha sucedido —le explicó Jim—: has incubado el huevo durante toda la noche y ¡ahora el pollito te considera su mamá!

Antón se puso a acariciar suavemente a su dulce cachorrito alado.

—Mira qué mono es... —dijo, mientras le quitaba los trocitos de cascarón.

—¡PÍO! —respondió satisfecho el pollito.

Ondina interrumpió tan tierna escena.

—Y ahora, ¿cómo nos las arreglamos con la mala suerte? Ya no es un simple huevo, es un pajarito…

—Tenemos otras cosas en que pensar, compañeros —intervino con seriedad Jim—. La capitana Dolores no ha regresado todavía.

En efecto, ¿qué había sucedido con Vera Dolores?

En el campamento se elevó un rumor de voces inquietas.

—¡La han raptado!

—¡Debemos ir a buscarla!

—¡Partamos inmediatamente!

Jim pidió a sus compañeros tranquilidad.

—Por el momento, me parece que deberíamos apañarnos con lo único de que disponemos: ¡el mapa del tesoro!

Mientras Antón se ocupaba del pollito, los demás miembros de la tripulación se sentaron en círculo y estudiaron el mapa. Representaba una isla de forma redondeada que llevaba escrito alrededor:

DONDE UNA PLUMA TIENE EL VALOR DE UN DIAMANTE

—¡Qué fácil! —gritó Ondina—. Es la Isla de las Aves.

—¿La Isla de las Aves? —preguntó Estribor—. ¿Y dónde está?

—¡Estás sentado encima, despistado! —le gritó su hermano.

Los niños contuvieron las risas y volvieron a su tarea. Buscaban un símbolo que semejase la playa donde habían acampado. Sin un punto de referencia, no sabían de qué forma mirar el mapa.

—Gíralo a la derecha…

—No, a la izquierda…

—Cuidado, así se romperá.

Tras diez minutos de pruebas, estaban como al principio.

—En clase, la capitana Dolores nos aconsejó que fuésemos etapa por etapa, empezando por la más sencilla —recordó Ondina.

Los niños volvieron a estudiar el mapa. En el centro se hallaba un circulito negro llamado Pozo de los Deseos. De ahí partía una línea punteada hacía la derecha, el Paso de la Serpiente, que se interrumpía en el Árbol de los Patos. Bajo el árbol había dibujado un cofre lleno de oro: el tesoro de Barba de Fuego.

—Qué nombres tan raros… —musitó Babor—. ¿Por dónde empezamos?

—Según mi opinión, la primera etapa es el Pozo de los Deseos —sugirió Jim—. Se encuentra en el centro de la isla, en medio del bosque.

Todos estuvieron de acuerdo con él y se dispusieron a partir, pero Antón se acercó a ellos con el pollito sobre el hombro.

—¡Todo el mundo quieto! —refunfuñó—.

¡Aquí no se toman decisiones sin consultarme a mí y a *Draco*!

—¿Quién es *Draco*? —preguntó asombrada Ondina.

—El nuevo miembro de nuestra tripulación —respondió Antón, señalando a su mascota—. ¡*Draco*, saluda a los amigos!

Los niños suspiraron todos a la vez.

Pero el asunto no acababa ahí…

Antón acercó la oreja al pollito y murmuró algo. Luego sonrió:

—También *Draco* quiere ir al Pozo de los Deseos.

Los niños emitieron un suspiro más fuerte que el anterior.

—Bien, ¿a qué estamos esperando? —les interrumpió Jim—. ¡En marcha!

Los cinco Lobitos de Mar se pusieron las mochilas a la espalda y se dirigieron en silencio hacia el bosque. Antón emprendía el camino con su nuevo amigo.

3
¡Querer es poder!

Isla de las Aves era, ciertamente, un nombre adecuado para ese lugar.

En el bosque gritaban miríadas de pájaros variopintos, papagayos, canarios y tucanes. Los niños competían por encontrar el más curioso, el más hermoso, el que mejor cantaba…

—Mirad esos violetas de allí —señaló Babor entusiasmado—. Hay muchísimos y están quietos como estatuas.

Ondina suspiró y le dio un buen pellizco en el brazo:

—¡Venga, despierta, Babor! No son pájaros de color violeta, es sólo un árbol cargado de ciruelas.

Estribor estaba extasiado.

—¡Al ataque, hermanito! ¡Pongámonos las botas!

Los dos niños noruegos empezaron a sacudir el tronco del árbol. Llovieron ciruelas a montones. Los Lobitos las recogieron a toda prisa; descubrieron que eran sabrosas y aromáticas. Frente a las medusas que cocinaba el capitán Sorrento en la Escuela de Piratas, constituían realmente toda una golosina.

Antón dio a probar un poco de pulpa a su pollito. *Draco* pio satisfecho batiendo las alitas. Ondina y Jim tuvieron suficiente con cinco o seis ciruelas, pero Babor y Estribor continuaron sacudiendo el árbol y comiendo toneladas de fruta. Los huesos ya formaban un buen montón.

¡Querer es poder!

—Se acabó la comilona, chicos —anunció Jim—. Tenemos que reanudar la búsqueda.

Ondina y Antón lo siguieron; Babor y Estribor, sin embargo, se quedaron atrás.

Uno se tocaba la barriga, y el otro rodaba por el suelo a causa del dolor.

—¡Qué dolor de barriga! —se lamentaban los dos niños noruegos.

—¡Diría que os habéis empachado! —les regañó Ondina.

Jim abrió la mochila para buscar las hierbas medicinales.

—Estas hojas os curarán de todos los males.

Babor y Estribor masticaron tres hojas cada uno y lentamente empezaron a sentir los efectos. Los dos niños se sentaron, espalda contra espalda, haciéndose masaje en sus barrigotas.

Mientras tanto, Antón estaba mostrando el bosque a *Draco*. Le susurraba nombres inventa-

41

dos de plantas y aves, contaba fantásticas aventuras de su tripulación y presumía de premios que nunca había ganado.

En cierto momento, cuando se hallaba inmerso en su discurso, percibió un claro tras las hojas de los árboles. Alargó el cuello para ver mejor y exclamó:

—¡Tu papá es un genio, *Draco*!

Se reunió con los demás, todo pimpante, con el mentón alzado y expresión de listillo.

—¿Por qué estás tan contento, Antón? —preguntó Jim.

—Si no fuera por mí... —suspiró el niño francés.

—Todos estaríamos mejor —concluyó Ondina.

—Entonces —replicó Antón mirándose las uñas con indiferencia—, no sabrás nunca dónde se encuentra el Pozo de los Deseos.

¡Querer es poder!

¿El Pozo de los Deseos?

¿Lo había encontrado?

—Llévanos ahí, Antón —dijo Jim agarrándolo por el cuello de la camisa—. ¡Inmediatamente!

Babor y Estribor, todavía algo doloridos, se pusieron en pie e intentaron seguir el paso de sus compañeros. En el centro de un claro cubierto de hierbas altas se veía un viejo pozo de piedra. Los Lobitos se acercaron con cautela y miraron en su interior. Parecía ser muy profundo y estar vacío.

—De acuerdo, por aquí no hay que ir —dijo Jim apuntando con el dedo hacia abajo.

—Entonces vayamos en busca del Paso de la Serpiente —propuso Ondina.

Dio una rápida vuelta por los alrededores acompañada de Antón y *Draco*. Ni senderos, ni señales, ni huellas…

—Me temo que el Paso de la Serpiente no está por aquí —informó decepcionada a su vuelta.

—Tiene que estarlo a la fuerza —respondió Jim con una mueca de preocupación.

De repente, Antón se subió al borde del pozo y se cruzó de brazos.

—¿Es que tengo que resolverlo todo yo? —dijo, haciendo un guiño a sus amigos.

—Suéltalo ya sin hacer tantas ceremonias —le increpó Jim.

—Este lugar se llama Pozo de los Deseos

—contestó Antón—. Según vosotros, ¿qué debemos hacer?

—¿Expresar un deseo? —contestó dubitativa Ondina.

—¡Exacto! Un deseo cada uno.

Los niños felicitaron a Antón por su genial idea, excepto Jim, que comentó por lo bajo:

—Es la tontería más grande que he oído en mi vida.

Antón permaneció junto al pozo y formuló su deseo:

—Me gustaría volar a lomos de *Draco* cuando crezca.

Luego le tocó a Ondina, que se puso un poco colorada.

—Ejem, a mí me gustaría casarme con un pirata guapísimo.

Llegó el turno de Babor y Estribor, que dijeron:

45

—Ay, ay… que no nos duela más la barriga.

Por último, llamaron a Jim, que se había quedado algo apartado. Tuvieron que arrastrarlo por los brazos porque, según él, eso era una gran pérdida de tiempo.

—Vale, de acuerdo —se rindió—. Mi deseo es muy simple. Quisiera encontrar el Paso de la…

¡CRAC!

La piedra que tenía bajo los pies se había quebrado.

—¡Serpieeeenteeee! —gritó el muchacho mientras caía en el pozo.

Los niños se quedaron helados, luego se asomaron a mirar. En el fondo del pozo, por suerte, había agua.

—¿Estás bien, Jim? —gritaron a coro.

—Un poco magullado, pero estoy bien —respondió el joven inglés—. Pero el agua está fría, así que sacadme enseguida de aquí.

Ondina cogió una cuerda y rápidamente arrojó un extremo al pozo. Jim se la anudó a la cintura y tiró de ella como señal. Los amigos comenzaron a subirle.

—¡Esperad! —gritó Jim de repente—. Veo una apertura a un lado del pozo. Parece un túnel que prosigue en horizontal…

—¡El Paso de la Serpiente! —exclamaron sus compañeros.

47

Capítulo 3

Mientras alargaba un pie hacia la boca del túnel, Jim no podía creer lo que le había sucedido: de un modo muy extraño, su deseo se había hecho realidad.

4
Monstruos subterráneos

Los Lobitos habían bajado por la cuerda y recorrían el Paso de la Serpiente.

Las antorchas iluminaban con resplandores intermitentes las paredes rocosas del túnel. Éste era angosto y húmedo: un lugar que era mejor olvidar.

—¿Por qué el techo está reforzado con madera? —preguntó Ondina.

—Para evitar que se derrumbe —respondió Jim—. Los mineros de Smog Town utilizan estructuras de hierro, pero incluso así se caen.

—Muy tranquilizador... —se estremeció Ondina.

Los Lobitos avanzaban con pasos inciertos. No era una caverna natural con estalactitas y estalagmitas. Era un túnel que alguien había excavado. Pero ¿quién? En los lados todavía se apreciaban los golpes del pico y en el suelo se había depositado una resbaladiza capa de polvo.

—¡Puaj! —gruñó Antón—. Huele a cerrado.

—Tienes razón —dijo Babor, que se arrastraba detrás del francés—. Cuesta respirar.

—¿No nos habremos metido en un callejón sin salida? —soltó asustado Estribor.

Jim se volvió para mirar a sus compañeros.

—¡Ya basta! —dijo serio—. Está en el mapa del tesoro, así que quedaos calladitos y sigamos avanzando.

Los tres niños no estaban demasiado convencidos. Temblaban como hojas cuando entraron en una cavidad más grande. Las antorchas apenas llegaban a iluminar la penumbra. De repente, Babor, que se hallaba en una zona oscura, se detuvo.

—Hermanito, ¿por qué me has puesto una red en la cara?

—¡No he sido yo! —respondió Estribor.

—¿Y por qué me haces cosquillas en el cuello?

—Ya te digo que yo no estoy…

—Entonces, ¿quién es?

Ondina dirigió la antorcha hacia Babor y dio un brinco asustada. ¡Estaba envuelto en telarañas!

¡Y con decenas de arañas negrísimas!

—Babor, cierra los ojos por favor… —dijo con un gemido. Armándose de valor, se acercó para retirar la capa de telarañas que cubría a su

51

amigo—. Te lo recomiendo, mantén los ojos cerrados —añadió prudentemente.

Pero Babor no le hizo caso y abrió los ojos justo cuando una araña peluda le corría por la punta de la nariz.

—¡AAAJJJJ! —gritó asqueado—. ¿Qué es este bicho! ¡Fuera, fuera! ¡Socorro, socorro!

¡Qué horror! —Se daba cachetes en la cara y con los nervios se acercó a Ondina, que instintivamente levantó la antorcha. La arañota se encendió y se quemó en un segundo.

A Babor se le chamuscaron los cabellos y le cayeron hilos de hollín en la ropa.

—Chicos, menudo mal trago —comentó jadeando—. Pero al menos ¡se me ha pasado el dolor de barriga!

—No había necesidad de quemarte, hermanito —dijo Estribor, mientras lo ayudaba a ponerse en pie—. ¡A mí ya se me había pasado!

Mientras, Jim había recorrido las paredes de la habitación con su antorcha. Había numerosos pasillos, algunos estrechísimos. Reunió a los niños ante el más amplio.

—Continuaremos por ahí —sugirió.

—Siempre decides tú —protestó Antón—. ¿Por qué justamente este corredor?

53

Sin responder, Jim iluminó la pared. Había pintada en la pared una serpiente con la lengua bífida.

—Uy, tienes razón —convino Antón.

Sin embargo, Babor no estaba de acuerdo:

—Después de las arañas, sólo me faltaban las serpientes.

Pero los otros ya se habían puesto en marcha sin escucharlo.

Tras haber caminado diez minutos, Ondina se sobresaltó de nuevo.

—Sombras —susurró—. ¡Muy cerca!

Los Lobitos se detuvieron detrás de ella, en fila india.

—¿Qué es lo que ves exactamente? —preguntó Jim.

—Movimientos al fondo del pasillo.

—¿Personas o animales?

—Ojos… patas… ¡y muchas alas!

Capítulo 4

Antón soltó una risita, avanzando sin miedo.

—Los pájaros de siempre —dijo con indiferencia—. Ahora ya soy un experto…

Recorrió una veintena de pasos y se giró hacia los demás.

—¿Qué?, ¿venís? —gritó.

En ese momento, del techo se desprendieron un centenar de murciélagos, que empezaron a dar vueltas alrededor del niño como un remolino. Antón corrió gritando hacia sus amigos, que arrojándose al suelo chillaron:

—¡Fuera, fuera!

Los murciélagos siguieron revoloteando un rato y luego regresaron a su puesto.

—Debemos continuar a gatas —dijo Jim—. De lo contrario, corremos el riesgo de despertar a los murciélagos.

—Cuando respiro me entra el polvo en la boca… —se lamentó Estribor.

—Cierra la boca y respira por la nariz —le sugirió Babor.

Estribor lo intentó.

—No me va bien. Así me entra por la nariz…

—Pues entonces respira por las orejas, quejica —le gruñó Ondina.

Los Lobitos avanzaron hasta una bifurcación. Los dos pasillos parecían idénticos.

—Y ahora, ¿adónde vamos, capitán Jim? —preguntó irónico Antón.

—No sabría… —admitió Jim.

Babor intervino colocando la cabeza entre los dos amigos:

—Chicos, tengo una idea. ¡Volvamos atrás!

—Yo tengo una mejor… —susurró Ondina.

—¿Cuál? —preguntaron todos.

Ondina levantó la antorcha para distinguir mejor los dos senderos.

—El símbolo de la serpiente debería estar también por aquí, ¿no?

Pero no había suficiente luz y, tal vez, el símbolo se hallaba escondido.

—Podríamos seguir a los murciélagos —dijo Jim de repente—. Si los asustamos con la luz, volarán hacia la salida.

—¡Gran solución! —se burló Antón—. ¿Y si son los murciélagos los que nos siguen a nosotros? Entonces, ¿qué haremos?

Pero Jim ya se había puesto en pie y agitaba la antorcha, mientras Ondina y Babor lo imitaban. Una masa informe comenzó a batir las alas.

Como Jim había previsto, los murciélagos se dirigieron todos en la misma dirección, tomaron el camino de la derecha con los Lobitos persiguiéndolos.

Tras un par de recodos, la luz del sol estalló de improviso ante sus ojos.

¡La salida del Paso de la Serpiente!

5
La tripulación
en una trampa

Desembocaron por el lado de una colina que descendía hacia una llanura cubierta de flores de colores. Se alzaba allí un enorme árbol solitario. Diversas aves marinas habían anidado entre sus ramas y gorjeaban sin parar.

—¡El Árbol de los Patos! —gritaron Ondina, Jim y Antón saltando de alegría, mientras Babor y Estribor chocaban esos cinco.

Los chicos comenzaron a bajar corriendo hacia la variopinta llanura que, en realidad, no estaba cubierta de flores, sino de plumas de pá-

jaros. Los colores de las plumas formaban dos caminos: uno azul y otro rojo.

El camino rojo se dirigía al árbol y los niños lo tomaron sin pensar, felices de estar casi en la tercera etapa señalada en el mapa del tesoro.

Pero poco duró el entusiasmo.

Alguien llegó silenciosamente tras ellos y los Lobitos se vieron de golpe rodeados por unos hombres vestidos con plumas. ¡Una tribu de nativos de la isla!

—Me veo en las brasas —dijo Antón con un sollozo, levantando los brazos en señal de rendición—. ¡No me hagáis daño, os lo ruego!

Babor y Estribor, por el contrario, intentaron escapar hacia la colina, pero enseguida los atraparon e inmovilizaron.

Los Lobitos se apretujaron los unos contra los otros, sin bajar las manos. Las puntas de treinta o cuarenta lanzas relucían al sol de la tarde.

—Os recomiendo máxima prudencia —susurró Jim—. Sé cómo hay que comportarse con las tribus salvajes.

—Me apuesto a que terminamos en una cazuela —dijo Antón lloriqueando—. Es una tribu de caníbales, estoy seguro.

—No seas pesimista —intervino Ondina—. Tal vez sean vegetarianos…

Pero eso no se lo creía ni ella, como demostraba el modo en que le temblaban las piernas.

Entonces un muchacho de la misma edad que los Lobitos se acercó al guerrero que iba a la cabeza del grupo.

—¡Cuac! —dijo el mensajero, señalando una serie de cabañas lejanas.

—Cuacaracá cuac cuaracá —respondió el guerrero en un tono brusco.

El chico se precipitó como un rayo hacia la aldea por el camino azul.

Los Lobitos se quedaron pasmados.

—Pero ¡si hablan como patos! —cuchicheó Babor.

—¡Calla! —dijo Jim dándole un codazo—. No digas nada que pueda ofenderlos.

El guerrero les hizo un gesto para que se movieran y, empujados por las lanzas, los muchachos se pusieron en marcha, siempre con las manos en alto.

Cuando se acercaron al árbol, los Lobitos vieron que había unas jaulas de madera colgando de las ramas.

Y bien mirado…

Muy bien mirado…

… En una de esas jaulas estaba ¡la capitana Dolores!

Esto es lo que le había pasado a su profesora: ¡había caído prisionera!

También ella reconoció a los niños y comen-

65

zó a gritar. Pero desde esa distancia apenas se oía nada, salvo la palabra...

—¡TESORO! —exclamó Estribor—. La maestra ha dicho: ¡TESORO!

Algunos hombres empujaron la jaula de Vera Dolores, que se agarró a los barrotes de madera para no perder el equilibrio.

A los Lobitos todavía les temblaban más las piernas de miedo: ¡también ellos iban a acabar en una jaula!

La tripulación en una trampa

En ese momento llegó el jefe de la aldea, un hombre anciano con un gorro decorado con un majestuoso plumaje. El resto de los miembros de la tribu se inclinó ante su presencia.

—Pertenecemos al gran pueblo de los Cuac —dijo el hombre con solemnidad—. Habéis llegado por el camino rojo del Árbol Sagrado, que es el del enemigo.

¡Estaba hablando su lengua, aunque con algo de dificultad!

—Nosotros no lo sabíamos —dijo Jim arrodillándose—. Somos amigos y venimos en son de paz…

—¡Silencio! El camino de los amigos es el azul —sentenció el jefe de la aldea.

—¡Estamos apañados! —gimieron Babor y Estribor.

—¡Lo sabía! —sollozó Antón—. ¡Primero en una jaula y luego en una cazuela!

Capítulo 5

El jefe de la aldea se rascó la barbilla con aire pensativo y preguntó:

—¿Cazuela? ¿Qué significa esta palabra?

¿Cómo explicarle lo que era una cazuela?

Tímidamente, Jim lo intentó para demostrar su amistad.

—Es un… recipiente… que sirve para…

—¿Hablas del cofre de Barba de Fuego? —lo interrumpió de nuevo el jefe de la aldea.

¿Barba de Fuego?

¿Cofre?

¡Era el tesoro que estaban buscando!

—Sí, sí, ¡ése mismo! —gritó Ondina entusiasmada—. Estamos aquí por el cofre de Barba de Fuego.

Sólo al oír estas palabras, el jefe de la aldea le lanzó una mirada severa.

—Barba de Fuego dijo a los Cuac que no diéramos a nadie el cofre. Nosotros amigos de

La tripulación en una trampa

Barba de Fuego y respetamos el pacto —declaró ceremoniosamente.

Luego se volvió hacia su gente y les dio una orden en lengua cuac. El grupo emprendió la marcha por el camino de plumas rojas, acercándose al Árbol Sagrado y a sus jaulas colgantes.

Esta vez había llegado realmente el fin…

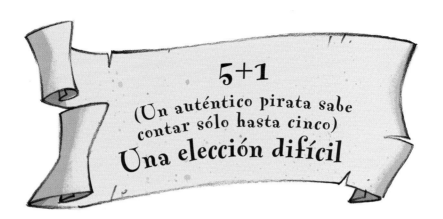

5+1

(Un auténtico pirata sabe contar sólo hasta cinco)

Una elección difícil

Los hombres emplumados estaban preparando las jaulas de madera.

Los Lobitos se estremecieron ante la idea de acabar colgados del Árbol Sagrado como su maestra.

Pero en ese momento...

¡PÍO! ¡PÍO! ¡PÍO!

Algo se revolvía en la mochila de Antón, alborotando a todo volumen... ¡algo que se llamaba *Draco*!

Todos los hombres emplumados, incluido el

jefe de la aldea, posaron la mirada en Antón. El niño francés comenzó a balbucear.

—Lo siento… es mi pobrecito pollito… ¡tengo que escapar! —Y se puso a correr con todas sus fuerzas.

Los otros Lobitos le daban ánimos:

—¡Ánimo, Antón, ésta es la tuya!

Pero la fuga se interrumpió con una zancadilla de uno de los hombres emplumados. Antón se deslizó unos metros por el suelo y luego se hundió en un mullido montón de plumas coloradas.

¡PÍO! ¡PÍO! ¡PÍO!

Antón llevaba plumas por todas partes: en la boca, entre el cabello, en las orejas… Pero estrechaba contra su pecho la mochila y no estaba dispuesto a abandonarla.

—¡Acercaos si os atrevéis!

Los indígenas lo rodearon y el jefe de la aldea lo miró con curiosidad.

Una elección difícil

—He oído un sonido extraño. ¿Qué llevas ahí? —preguntó.

—¡Nada de nada! —respondió iracundo Antón.

¡PÍO! ¡PÍO! ¡PÍO!

La cabecita sin plumas de *Draco* brotó de la abertura de la mochila. Le siguieron las alitas, que el pollito batía con rapidez y sin detenerse.

En un abrir y cerrar de ojos, todos los hombres emplumados se arrodillaron. Su jefe declaró con solemnidad:

—¡Honor al rey de los Patos, el gran albatros!

¿Un albatros?

¿El pájaro de mal agüero de los marineros?

¡Por eso los Lobitos habían tenido tan mala suerte!

Ondina y Jim aprovecharon el momento de distracción para cortar la cuerda que sujetaba a

73

la capitana Dolores. Después Estribor rompió de una patada la cerradura de la jaula, dejando paso libre a la maestra de Exploraciones.

—Pero ¿qué diantres sucede? —preguntó enseguida Vera Dolores.

Todos dirigieron la vista a Antón, que elevaba su pollito al aire mientras los hombres emplumados entonaban una plegaria en lengua cuac.

—Nos has traído la mayor ofrenda, el rey de los Patos —dijo con tono triunfal el jefe de la aldea—. ¿Qué deseas a cambio?

—¿A cambio? —preguntó receloso Antón—. Él es *Draco*, mi cachorro. ¡Nunca nos separaremos!

En ese momento, Jim se colocó entre Antón y el jefe de los Cuac.

—¡Queremos el cofre de Barba de Fuego! —exclamó.

Antón se puso rojo como un tomate.

—Pero ¿qué estás diciendo? —replicó estupefacto.

—Déjalo en nuestras manos —susurró la capitana Dolores.

—¡No, no y no! —protestó Antón enfadado—. ¡No podéis separarme de *Draco*!

Mientras, el jefe de la aldea había hecho traer el cofre de Barba de Fuego. Lo abrió lentamente y los Lobitos vieron que estaba ¡rebosante de oro!

Acto seguido, el jefe de la aldea dio un paso atrás y preguntó:

—¿Aceptáis el intercambio?

La respuesta de Vera Dolores fue:

—¡Claro que lo aceptamos!

La de Antón, sin embargo, fue:

—¡Ni soñarlo!

¿Cómo podían convencer a Antón?

¡Si no regresaban a la Escuela de Piratas con el tesoro, los expulsarían!

A Ondina se le ocurrió una idea que susurró al oído del jefe de los Cuac. Éste asintió varias veces con la cabeza y se arrodilló ante Antón.

—El pueblo Cuac te elige Gran Custodio del rey de los Patos, joven muchacho. Lo cuidaremos y podrás volver cuando quieras para saludarlo —declaró solemnemente.

Los demás esperaban ansiosos la respuesta de Antón…

Un lagrimón descendió por la mejilla del niño francés, que entregó el pollito de albatros sin pronunciar una sola palabra.

¡Hecho!

¡Ya podían regresar a la Escuela!

Ondina, Babor y Estribor estaban en el séptimo cielo…

Jim dio unas palmaditas a Antón en la espalda.

—Venga, no pongas esta cara —lo consoló—. ¡Te prometo que vendremos a visitar a *Draco* muy pronto!

Antón se tranquilizó un poco.

—Ahora podéis pasar por el camino azul, que es el camino de los amigos —les indicó el jefe de los Cuac cuando se disponían a marchar.

Una elección difícil

—Nos sentimos muy honrados —contestó la capitana Dolores—. ¿No es así, niños?

Los Lobitos de Mar recorrieron felices el camino azul, atravesaron la aldea de los Cuac aclamados por todos y llegaron a la nave *Talismán*. Habían liberado a su maestra, habían conseguido encontrar el tesoro de Barba de Fuego y habían consolidado su amistad...

¡Y ya estaban listos para emprender mil aventuras más!

Nociones
de
piratería

Mapa de los atolones remotos

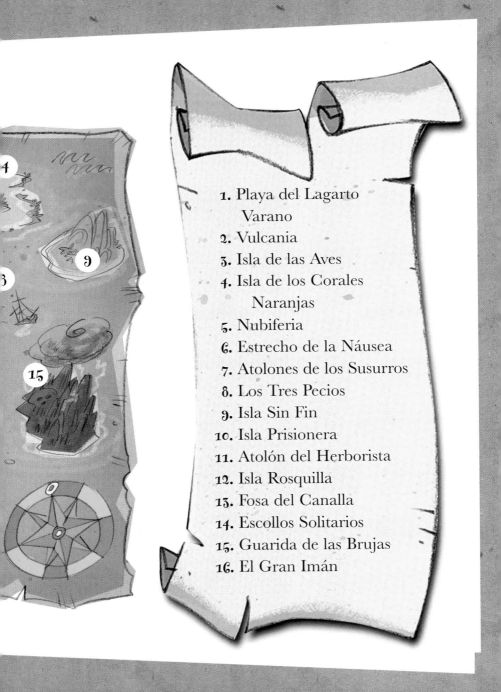

El mapa del tesoro

¿Qué tiene más valor que un tesoro? ¡Fácil! Un mapa del tesoro…

Los mapas del tesoro eran la alegría de los piratas, que los estudiaban para identificar rutas navales y señales ocultas. La aventura les resultaba más atractiva que el oro en sí y los impulsaba a acometer empresas particulares. Pero ¡había que tener cuidado con los falsificadores que vendían mapas inventados!

Cinco pasos a la derecha, diez a la izquierda…

Los mapas del tesoro estaban hechos de símbolos, dibujos, números, frases, códigos y pistas falsas. Tenían que ser indescifrables y, al mismo tiempo, precisos: de hecho, servían para esconder el tesoro, pero ¡también para recuperarlo! Una vez descubierta la clave del enigma, todo parecía evidente… pero a menudo se precisaba de mucho tiempo para hallar la solución. A veces, ni siquiera bastaba toda una vida.

¡A la caza del tesoro!

En la isla de la página siguiente hay una cuadrícula como la del juego de hundir barcos.

Saliendo del punto X, intentad hallar la casilla del tesoro resolviendo este sencillo enigma: dos pasos de rana al sur, tres pasos de cangrejo al este, dos pasos de hombre al norte.

Ojo: la rosa de los vientos está invertida y la rana salta una casilla con cada paso que da. No obstante, vosotros debéis adivinar solos cómo se mueve el cangrejo…

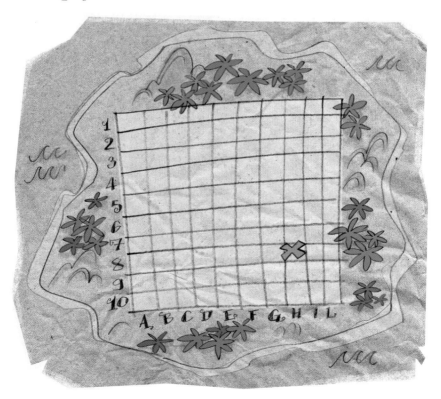

Piratas...
¡a la última moda!

Los piratas llevaban camisas de algodón muy anchas y sin cuello. Los pantalones más populares eran los bombachos, anchos y hasta la mitad de la pantorrilla, que les permitían esconder artículos valiosos y otras mercancías.

Alrededor de la cintura se ceñían un fajín. Los calcetines les llegaban hasta debajo de las rodillas. Calzaban botines o botas con vuelta, y llevaban chaqueta larga con presillas y botones. El cinturón en bandolera servía para llevar municiones y pólvora. La pistola, a su vez, se encajaba en el fajín. A menudo escondían un puñal en las botas o llevaban aros de oro en las orejas. Los capitanes solían lucir un tricornio con plumas, mientras los marineros se resguardaban del sol con sus pañuelos pirata.

En caso de necesidad…

Con frecuencia, cuando sufrían heridas graves, había que cortarles algún miembro en una operación para evitar infecciones. Recurrían entonces a las patas de palo, el garfio en lugar de la mano o el parche si perdían un ojo.

Ardides piráticos

Algunos piratas solían utilizar pequeños ardides. Por ejemplo, para asustar a los demás y forjarse una leyenda, se ponían un parche negro sobre un ojo sano o se cubrían la mano con un garfio de mentira…

¡El explorador experimentado!

¿Qué hacían los piratas cuando arribaban a una isla desconocida?

Siempre llevaban agua y comida en abundancia, pero, acabadas las provisiones, buscaban un río donde beber e iban de caza.

El machete servía para abrirse camino en la espesa selva. También llevaban hierbas medicinales o las recogían en el lugar. ¿Y si se topaban con indígenas? ¡Nada más fácil! Les ofrecían pequeños presentes, como piedrecitas brillantes, adornos de metal o incluso ropa…

Purificar el agua

Cuando os dirigís a lugares desconocidos, poned mucha atención en el agua que bebéis: si no está purificada, os puede causar mucho dolor de barriga. Para purificar el agua, seguid estos simples pasos:

- Dejadla en un cubo por lo menos una hora: veréis que, si hay partículas, irán al fondo.
- Coged el agua de la superficie y pasadla varias veces por un filtro.
- Dejad que hierva al menos diez minutos en una olla.
- Conservadla en un recipiente herméticamente cerrado.

Índice

La Escuela de Piratas

1. El Acantilado de las Medusas

Jim y sus amigos han llegado al Acantilado de las Medusas. Allí les espera la primera prueba: el capitán Hamaca los abandona en una playa solitaria con un cofre lleno de extraños objetos. Los niños deberán encontrar la escuela antes de que se ponga el sol…

2. ¡Todo el mundo a bordo!

Mientras las demás tripulaciones participan en la tradicional Competición de las Olas, Jim y sus amigos están ocupados con su primera lección a bordo de un barco pirata.

Se trata de la *Lechuza barbuda*, la vieja cafetera del capitán Hamaca…

3. El terrible pirata Barba de Fuego

El director Argento Vivo regresa al Acantilado de las Medusas para meter en la cárcel a su peor enemigo, ¡el terrible pirata Barba de Fuego! Pero los Lobitos de Mar, sin querer, agujerean de un cañonazo la nave de Argento Vivo, liberando a Barba de Fuego…